손으로 직접 쓰는
향수

북오션은 책에 관한 아이디어와 원고를 설레는 마음으로 기다리고 있습니다. 책으로 만들고 싶은 아이디어가 있는 분은 이메일(bookrose@naver.com)로 간단한 개요와 취지, 연락처 등을 보내주세요. 머뭇거리지 말고 문을 두드리세요. 길이 열릴 것입니다.

손으로 직접 쓰는

향수

초판 1쇄 인쇄 | 2016년 3월 25일
초판 1쇄 발행 | 2016년 4월 1일

지은이 | 정지용
펴낸이 | 박영욱
펴낸곳 | (주)북오션

편 집 | 권희중 · 이소담
마케팅 | 최석진 · 임동건
표지 및 본문 디자인 | 서정희 · 심재원
세무자문 | 세무법인 한울 대표 세무사 정석길(02-6220-6100)

주 소 | 서울시 마포구 서교동 468-2
이메일 | bookrose@naver.com
페이스북 | facebook.com/bookocean21
블로그 | blog.naver.com/bookocean
전 화 | 편집문의: 02-325-9172   영업문의: 02-322-6709
팩 스 | 02-3143-3964

출판신고번호 | 제313-2007-000197호

ISBN 978-89-6799-264-4 (03810)

이 도서의 국립중앙도서관 출판예정도서목록(CIP)은 서지정보유통지원시스템 홈페이지(http://seoji.nl.go.kr)와 국가자료공동목록시스템 (http://www.nl.go.kr/kolisnet)에서 이용하실 수 있습니다. (CIP제어번호: CIP2016004967)

손으로 직접 쓰는
향수

정지용 지음 | 편집부 엮음

북오션

한국 현대시의 선구자, 최초의 모더니스트 정지용

　한국 현대시의 새로운 지평을 열었다는 평가를 받고 있는 시인 정지용. 그는 한국 근대 문학사의 최초의 모더니스트이자 현대시의 선구자로 불린다. 정지용은 다양한 감정과 경험을 이지적으로 절제시키고 감각적인 이미지로 드러내는 방법을 통해서 '한국적인 모더니즘'의 시 세계를 개척했다. 섬세하고 독특한 시어는 물론 생생하고 선명한 묘사에 특유의 빛을 발하는 그는 이상을 비롯하여 박목월, 박두진, 조지훈 등 당대 시인들에게도 큰 영향을 끼친 최초의 모더니즘 시인이었다.

> "넓은 벌 동쪽 끝으로 옛 이야기 지줄대는
> 　실개천이 휘돌아나가고,
> 얼룩백이 황소가 해설피 금빛 게으른 울음을 우는 곳,
> ── 그곳이 차마 꿈엔들 잊힐리야……"
>
> 　　　　　　　　　　　　　정지용의 '향수' 중에서

　많은 사람에게 애송되고 있는 〈향수〉는 정지용이 일본 유학시절 고향을 그리는 절절한 마음을 형상화한 시로써 토속적인 정서와 서정성이 잘 드러나 있다. 대중음악으로 널리 알려진 이 시는 독자들로 하여금 자기도 모르게 향수에 젖어들게 한다. '해설피 금빛 게으른 울음'과 '엷은 졸음에 겨운' 그리고 매연마다 반복되는 후렴구 '─그곳이 차마 꿈엔들 잊힐 리야' 등의 다양한 시어들이 어우러져 시적 효과를 활용하고 있다.

정지용의 출현으로 한국어는 현대적 모국어로서, 그리고 민족 언어의 완성을 위한 새로운 감각의 언어로서의 첫걸음을 걷게 되었다는 평가를 받고 있다. 정지용의 시가 본격적으로 연구되고 일반 독자에게도 다시 읽히기 시작한 것은 1988년 해금(解禁) 이후의 일이다. 민족분단으로 인해 문학도 분단되어 있었던 것이다.

《손으로 직접 쓰는 향수》는 기존의 《정지용 시집》과 《백록담》에 실렸던 시를 원본으로 삼았다. 정지용 시인의 대표작인 〈향수〉를 비롯해 〈유리창〉, 〈호수〉, 〈고향〉, 〈바다〉 등 당대 문단의 찬사를 한 몸에 받았고, 현재까지 많은 이들에게 사랑받고 있는 89편의 시를 실었다. 특히 시인이 의도적으로 활용한 방언과 고어, 띄어쓰기 등을 원본대로 살려내어 읽는 맛을 더했다. 책을 펼쳤을 때 왼쪽 페이지에는 시의 원문을 실고, 오른쪽 페이지에는 시를 읽어가면서 '손글씨'를 쓸 수 있도록 필기 공간을 마련했다. 독자들은 그의 감각적인 시들을 감상하면서 직접 '손글씨'를 쓰는 즐거움을 얻을 수 있을 것이다.

20세기 최고의 시인 가운데 한 사람으로 지칭되는 정지용. 앞으로 정지용보다 더 화려한 언어를 구사할 수 있는 시인은 출현할 수 있다. 그러나 정지용이 20세기 한국 현대시사에 미친 것과 같이 깊고 넓은 문학사적 의미를 갖는 시인은 쉽게 탄생하기 어려울 것이다. 그 정지용을 독자 여러분도 꼭 한번 만나보길 바란다.

2016년 4월
북오션 편집부

머리말

향수(鄕愁)

넓은 벌 동쪽 끝으로
옛이야기 지줄대는 실개천이 회돌아 나가고,
얼룩백이 황소가
해설피 금빛 게으른 울음을 우는 곳,

── 그 곳이 참하 꿈엔들 잊힐 리야.

질화로에 재가 식어지면
뷔인 밭에 밤바람 소리 말을 달리고,
엷은 졸음에 겨운 늙으신 아버지가
짚베개를 돋아 고이시는 곳,

── 그 곳이 참하 꿈엔들 잊힐 리야.

흙에서 자란 내 마음
파아란 하늘 빛이 그립어
함부로 쏜 화살을 찾으려
풀섶 이슬에 함추름 휘적시든 곳,

향수(鄕愁)

— 그 곳이 참하 꿈엔들 잊힐 리야.

전설바다에 춤추는 밤물결 같은
검은 귀밑머리 날리는 어린 누이와
아무렇지도 않고 여쁠 것도 없는
사철 발벗은 안해가
따가운 해ㅅ살을 등에 지고 이삭 줏던 곳,

— 그 곳이 참하 꿈엔들 잊힐 리야.

하늘에는 석근 별
알 수도 없는 모래성으로 발을 옮기고,
서리 까마귀 우지짖고 지나가는 초라한 지붕,
흐릿한 불빛에 돌아앉어 도란도란거리는 곳,

— 그 곳이 참하 꿈엔들 잊힐 리야.

향수(鄉愁)

산너머 저쪽

산너머 저쪽 에는
누가 사나?

뻐꾸기 영우 에서
한나절 울음 운다.

산너머 저쪽 에는
누가 사나?

철나무 치는 소리만
서로 맞어 쩌 르 렁!

산너머 저쪽 에는
누가 사나?

늘 오던 바늘장수도
이봄 들며 아니 뵈네.

난초

난초닢은
차라리 수묵색.

난초닢에
엷은 안개와 꿈이 오다.

난초닢은
한밤에 여는 다문 입술이 있다.

난초닢은
별빛에 눈떴다 돌아 눕다.

난초닢은
드러난 팔구비를 어쩌지 못한다.

난초닢에
적은 바람이 오다.

난초닢은
칩다.

석류

장미꽃 처럼 곱게 피여 가는 화로에 숯불,
입춘때 밤은 마른풀 사르는 냄새가 난다.

한 겨울 지난 석류열매를 쪼기여
홍보석 같은 알을 한알 두알 맛 보노니,

투명한 옛 생각, 새론 시름의 무지개여,
금붕어처럼 어린 녀릿녀릿한 느낌이여.

이 열매는 지난 해 시월 상ㅅ달 , 우리 둘의
조그마한 이야기가 비롯될 때 익은 것이어니.

작은 아씨야, 가녀린 동무야, 남몰래 깃들인
네 가슴에 졸음 조는 옥토끼가 한 쌍.

옛 못 속에 헤엄치는 흰고기의 손가락, 손가락,
외롭게 가볍게 스스로 떠는 은(銀)실, 은실,

아아 석류알을 알알이 비추어 보며
신라천년의 푸른 하늘을 꿈꾸노니.

슬픈 인상화(印像畵)

수박냄새 품어 오는
첫여름의 저녁 때……

먼 해안 쪽
길옆 나무에 늘어 슨
전등. 전등.
헤엄쳐 나온듯이 깜박어리고 빛나노나.

침울하게 울려 오는
축항(築港)의 기적 소리…… 기적소리……
이국정조(異國情調)로 퍼덕이는
세관의 기스발. 기스발.

세멘트 깐 인도(人道)측으로 사뿟사뿟 옮기는
하이얀 양장의 점경!

그는 흘러가는 실심(失心)한 풍경이여니……
부질없이 오랑쥬 껍질 씹는 시름……

아아, 애시리 · 황(愛施利 · 黃)
그대는 상해(上海)로 가는구료……

바다 1

오 · 오 · 오 · 오 · 오 · 소리치며 달려 가니
오 · 오 · 오 · 오 · 오 · 연달아서 몰아 온다.

간 밤에 잠살포시
머언 뇌성이 울더니,

오늘 아침 바다는
포도빛으로 부풀어졌다.

철석, 처얼석, 철석, 처얼석, 철석,
제비 날어들듯 물결 새이새이로 춤을 추어.

바다 2

한 백년 진흙 속에
숨었다 나온 듯이,

게처럼 옆으로
기여가 보노니,

머언 푸른 하늘 알로
가이 없는 모래 밭.

해바라기 씨

해바라기 씨를 심자.
담모롱이 참새 눈 숨기고
해바라기 씨를 심자.

누나가 손으로 다지고 나면
바둑이가 앞발로 다지고
괭이가 꼬리로 다진다.

우리가 눈감고 한밤 자고 나면
이실이 나려와 같이 자고 가고,

우리가 이웃에 간 동안에
해ㅅ빛이 입맞추고 가고,

해바라기는 첫시약시 인데
사흘이 지나도 부끄러워
고개를 아니 든다.

가만히 엿보러 왔다가
소리를 꽥! 지르고 간놈이 ―
오오, 사철나무 잎에 숨은
청개고리 고놈 이다.

무서운 시계

오빠가 가시고 난 방안에
숯불이 박꽃처럼 새워간다.

산모루 돌아가는 차, 목이 쉬여
이밤사 말고 비가 오시랴나?

망토 자락을 녀미며 녀미며
검은 유리만 내여다 보시겠지!

오빠가 가시고 나신 방안에
시계소리 서마 서마 무서워.

삼월 삼질 날

중, 중, 때때 중,
우리 애기 까까 머리.

삼월 삼질 날,
질나라비, 훨, 훨,
제비 새끼, 훨, 훨,

쑥 뜯어다가
개피떡 만들어.
호, 호, 잠들여 놓고
냥, 냥, 잘도 먹었다.

중, 중, 때때 중,
우리 애기 상제로 사갑소.

삼월 삼질 날

딸레

딸레와 쬐그만 아주머니,
앵도 나무 밑에서
우리는 늘 셋동무.

딸레는 잘못 하다
눈이 멀어 나갔네.

눈먼 딸레 찾으러 갔다 오니,
쬐그만 아주머니 마자
누가 다려 갔네.

방울 혼자 흔들다
나는 싫여 울었다.

종달새

삼동 내 — 얼었나 나온 나를
종달새 지리 지리 지리리……

왜 저리 놀려 대누.

어머니 없이 자란 나를
종달새 지리 지리 지리리……

왜 저리 놀려 대누.

해바른 봄날 한종일 두고
모래톱에서 나홀로 놀자.

병

부엉이 울든 밤
누나의 이야기 —

파랑병을 깨치면
금시 파랑바다.

빨강병을 깨치면
금시 빨강 바다.

뻐꾸기 울든 날
누나 시집 갔네 —

파랑병을 깨트려
하늘 혼자 보고.

빨강병을 깨틀
하늘 혼자 보고.

병

말

말아, 다락 같은 말아,
너는 즘잔도 하다 마는
너는 왜 그리 슬퍼 뵈니?
말아, 사람편인 말아,
검정 콩을 푸렁 콩을 주마.

※

이말은 누가 난 줄도 모르고
밤이면 먼데 달을 보며 잔다.

산에서 온 새

새삼나무 싹이 튼 담우에
산에서 온 새가 울음 운다.

산엣 새는 파랑치마 입고.
산엣 새는 빨강모자 쓰고.

눈에 아름 아름 보고 지고.
발 벗고 간 누이 보고 지고.

따순 봄날 이른 아침 부터
산에서 온 새가 울음 운다.

바람

바람.
바람.
바람.

늬는 내 귀가 좋으냐?
늬는 내 코가 좋으냐?
늬는 내 손이 좋으냐?

내사 왼통 빨개졌네.

내사 아므치도 않다.

호 호 칩어라 구보로!

기차

할머니
무엇이 그리 슬어 우십나?
울며 울며
녹아도(鹿兒島)로 간다.

해여진 왜포 수건에
눈물이 함촉,
영! 눈에 어른거려
기대도 기대도
내 잠못들겠소.

내도 이가 아퍼서
고향 찾어 가오.

배추꽃 노란 사월 바람을
기차는 간다고
악 물며 악물며 달린다.

고향

고향에 고향에 돌아와도
그리던 고향은 아니러뇨.

산꽁이 알을 품고
뻐꾸기 제철에 울건만,

마음은 제고향 지니지 않고
머언 항구로 떠도는 구름.

오늘도 메끝에 홀로 오르니
흰점 꽃이 인정스레 웃고,

어린 시절에 불던 풀피리 소리 아니 나고
메마른 입술에 쓰디 쓰다.

고향에 고향에 돌아와도
그리던 하늘만이 높푸르구나.

산엣 색시 들녘 사내

산엣 새는 산으로,
들녘 새는 들로.
산엣 색시 잡으러
산에 가세.

작은 재를 넘어 서서,
큰 봉엘 올라 서서,

「호 – 이」
「호 – 이」

산엣 색시 날래기가
표범 같다.

치달려 달어나는
산엣 색시,
활을 쏘아 잡었읍나?

아아니다,
들녘 사내 잡은 손은
차마 못 놓더라.

산엣 색시,
들녘 쌀을 먹였더니
산엣 말을 잊었읍데.

들녘 마당에
밥이 들어,

활 활 타오르는 화투불 너머로
너머다 보며–

들녘 사내 선웃음 소리
산엣 색시
얼골 와락 붉었더라.

내맘에 맞는 이

당신은 내맘에 꼭 맞는이.
잘난 남보다 조그만치만
어리둥절 어리석은 척
옛사람 처럼 사람좋게 웃어좀 보시요.
이리좀 돌고 저리좀 돌아 보시요.
코 쥐고 뺑뺑이 치다 절 한 번만 합쇼.

호. 호. 호. 호. 내맘에 꼭 맞는이.

큰말 타신 당신이
쌍무지개 홍예문 틀어세운 벌로
내달리시면

내맘에 맞는 이

나는 산날맹이 잔디밭에 앉어
기(口슈)를 부르지요.

「앞으로−가. 요.」
「뒤로−가. 요.」

키는 후리후리. 어깨는 산ㅅ고개 같어요.
호. 호. 호. 호. 내맘에 맞는이.

내맘에 맞는 이

숨스기내기

나 ─ ㄹ 눈 감기고 숨으십쇼.
잣나무 알암나무 안고 돌으시면
나는 샅샅이 찾어보지요.

숨스기내기 해종일 하며는
나는 슬어워진답니다.

슬어워지기 전에
파랑새 사냥을 가지요.

떠나온지 오랜 시골 다시 찾어
파랑새 사냥을 가지요.

비듥이

저 어는 새떼가 저렇게 날러오나?
저 어는 새떼가 저렇게 날러오나?

사월ㅅ달 해ㅅ살이
물 농오리 치덧하네.

하늘바래기 하늘만 치어다보다가
하마 자칫 잊을 뻔 했던
사랑, 사랑이

비듥이 타고 오네요.
비듥이 타고 오네요.

가모가와(鴨川)

가모가와 십리(十里)ㅅ벌에
해는 저물어…… 저물어……

날이 날마다 님 보내기
목이 자졌다…… 여울 물소리……

찬 모래알 쥐여 짜는 찬 사람의 마음,
쥐여 짜라. 바시여라. 시원치도 않어라.

역구풀 우거진 보금자리
뜸북이 흘어멈 울음 울고,

가모가와(鴨川)

제비 한 쌍 떠ㅅ다.

비맞이 춤을 추어.

수박 냄새 품어오는 저녁 물바람.

오랑쥬 껍질 씹는 젊은 나그네의 시름.

가모가와 십리ㅅ벌에

해가 저물어…… 저물어……

• 기모가와(鴨川) : 일본 교토(京都)에 있는 강 이름.

가모가와(鴨川)

발열(發熱)

처마 끝에 서린 연기 따러
포도순이 기여 나가는 밤, 소리 없이,
가물음 땅에 스며든 더운 김이
등에 서리나니, 훈훈히,
아아, 이 애 몸이 또 달어오르노나.
가쁜 숨결을 드내쉬노니, 박나비처럼,
가녀린 머리, 주사 찍은 자리에, 입술을 붙이고
나는 중얼거리다, 나는 중얼거리다,
부끄러운 줄도 모르고 다신교도와도 같이.
아아, 이 애가 애자지게 보채노나!
불도 약도 달도 없는 밤,
아득한 하늘에는
별들이 참벌 날으듯 하여라.

발열(發熱)

조약돌

조약돌 도글 도글……
그는 나의 혼의 조각 이러뇨..

앓는 피에로의 설움과
첫길에 고달픈
청(靑)제비의 푸념겨운 지줄댐과,
꾀집어 아즉 붉어 오르는
피에 맺혀,
비 날리는 이국 거리를
탄식하며 헤매노나.

조약돌 도글 도글……
그는 나의 혼의 조각 이러뇨.

조약돌

지는 해

우리 오빠 가신 곳은
해님 지는 서해 건너
멀리 멀리 가셨다네.
웬일인가 저 하늘이
피스빛보담 무섭구나!
난리 났나. 불이 났나.

띠

하늘 우에 사는 사람
머리에다 띠를 띠고,

이 땅 우에 사는 사람
허리에다 띠를 띠고,

땅 속 나라 사는 사람
발목에다 띠를 띠네.

홍시

어저께도 홍시 하나.
오늘에도 홍시 하나.

까마귀야. 까마귀야.
우리 남게 왜 앉었나.

우리 오빠 오시걸랑.
맛뵐라구 남겨 뒀다.

후락 딱 딱
휘이 휘이!

78

산소

서낭산ㅅ골 시오리 뒤로 두고
어린 누이 산소를 묻고 왔오.

해마다 봄ㅅ바람 불어를 오면,
나드리 간 집새 찾어 가라고
남먼히 피는 꽃을 심고 왔오.

할아버지

할아버지가
담배스대를 물고
들에 나가시니,
궂은 날도
곱게 개이고,

할아버지가
도롱이를 입고
들에 나가시니,
가문 날도
비가 오시네.

별똥

별똥 떨어진 곳,

마음에 두었다

다음날 가보려,

벼르다 벼르다

인젠 다 자랐오.

무어래요

한길로만 오시다
한고개 넘어 우리집.
앞문으로 오시지는 말고
뒷동산 새이ㅅ길로 오십쇼.
늦은 봄날
복사꽃 연분홍 이슬비가 나리시거든
뒷동산 새이ㅅ길로 오십쇼.
바람 피해 오시는이 처럼 들레시면
누가 무어래요?

호수 1

얼굴 하나야
손바닥 둘로
폭 가리지만,

보고 싶은 마음
호수만 하니
눈 감을 밖에.

호수 2

오리 모가지는
호수를 감는다.

오리 모가지는
자꼬 간지러워.

호면

손바닥을 울리는 소리
곱드랗게 건너 간다.

그 뒤로 흰게우가 미끌어진다.

겨울

비스방울 나리다 누뤼알로 구을러
한 밤중 잉크빛 바다를 건늬다.

피리

자네는 인어를 잡아
아씨를 삼을 수 있나?

달이 이리 창백한 밤엔
따뜻한 바다속에 여행도 하려니.

자네는 유리 같은 유령이 되여
뼈만 앙사하게 보일 수 있나?

달이 이리 창백한 밤엔
풍선을 잡어타고
화분(花粉) 날리는 하늘로 둥 둥 떠오르기도 하려니.

아모도 없는 나무 그늘 속에서
피리와 단둘이 이야기 하노니.

따알리아

가을 볕 째앵 하게
내려 쪼이는 잔디밭.

함빡 피어난 따알리아.
한낮에 함빡 핀 따알리아.

시약시야, 네 살빛도
익을 대로 익었구나.

젖가슴과 부끄럼성이
익을 대로 익었구나.

시약시야, 순하디순하여다오.
암사심 처럼 뛰여 다녀 보아라.

물오리 떠 돌아 다니는
흰 뭇물 같은 하늘 밑에,

함빡 피어 나온 따알리아.
피다 못해 터져 나오는 따알리아.

홍춘(紅椿)

춘(椿)나무 꽃 피뱉은 듯 붉게 타고
더딘 봄 날 반은 기울어
물방아 시름없이 돌아간다.

어린아이들 제춤에 뜻없는 노래를 부르고
솜병아리 양지쪽에 모이를 가리고 있다.

아지랑이 졸음조는 마을길에 고달퍼
아름아름 알어질 일도 몰라서
여윈 볼만 만지고 돌아 오노니.

저녁해ㅅ살

불 피어오르듯하는 술
한숨에 키여도 아아 배고파라.

수저븐 듯 놓인 유리컵
바쟉바쟉 씹는 대로 배고프리.

네 눈은 고만(高慢)스런 흑(黑)단초.
네 입술은 서운한 가을철 수박 한점.

빨어도 빨어도 배고프리.

술집 창문에 붉은 저녁 해ㅅ살
연연하게 탄다, 아아 배고파라.

뻣나무 열매

웃 입술에 그 뻣나무 열매가 다 나섰니?
그래 그 뻣나무 열매가 지운듯 스러졌니?
그끄제 밤에 늬가 참버리처럼 닝닝거리고 간 뒤로―
불빛은 송화ㅅ가루 삐운 듯 무리를 둘러쓰고
문풍지에 아름푸시 얼음 풀린 먼 여울이 떠는구나.
바람세는 연사흘 두고 유달리도 미끄러워
한창 때 삭신이 덧나기도 쉽단다.
외로운 섬 강화도로 떠날 임시 해서―
웃 입술에 그 뻣나무 열매가 안나서서 쓰겠니?
그래 그 뻣나무 열매를 그대로 달고 가랴니?

뻣나무 열매

엽서에 쓴 글

나비가 한마리 날러 들어온 양 하고
이 종이ㅅ장에 불빛을 돌려대 보시압.
제대로 한동안 파다거리 오리다.
— 대수롭지도 않은 산목숨과도 같이.
그러나 당신의 열적은 오라범 하나가
먼데 가까운데 가운데 불을 헤이며 헤이며
찬비에 함추름 휘적시고 왔오.
— 스럽지도 않은 이야기와도 같이.
누나, 검은 이밤이 다 희도록
참한 뮤 – 쓰처럼 쥬무시압.
해발 이천 피이트 산 봉우리 우에서
이제 바람이 나려 옵니다.

새빨간 기관차

느으릿 느으릿 한눈파는 겨를에
사랑이 수이 알어질가도 싶구나.
어린아이야, 달려가자.
두뺨에 피여오른 어여쁜 불이
일즉 꺼져 버리면 어찌 하자니?
줄 달음질 처 가자.
바람은 휘잉. 휘잉.
만틀 자락에 몸이 떠오를 듯.
눈보라는 풀. 풀.
붕어새끼 꾀여내는 모이 같다.
어린아이야, 아무것도 모르는
새빨간 기관차처럼 달려가자!

밤

눈 머금은 구름 새로
흰달이 흐르고,

처마에 서린 탱자나무가 흐르고,

외로운 촛불이, 물새의 보금자리가 흐르고……

표범 껍질에 호젓하이 쌓이여
나는 이밤, 「적막한 홍수」를 누워 건늬다.

113
밤

달

선뜻! 뜨인 눈에 하나 차는 영창
달이 이제 밀물처럼 밀려오다.

미욱한 잠과 베개를 벗어나
부르는이 없이 불려 나가다.

한밤에 홀로 보는 나의 마당은
호수같이 둥그시 차고 넘치노나.

쪼그리고 앉은 한옆에 흰돌도
이마가 유달리 함초롬 고와라.

연연턴 녹음, 수묵색으로 짙은데 짙 지
한창때 곤한 잠인양 숨소리 설키도다.

비둘기는 무엇이 궁거워 구구 우느뇨,
오동나무 꽃이야 못견디게 향그럽다.

달

절정(絶頂)

석벽(石壁)에는

주사(朱砂)가 찍혀 있오.

이슬 같은 물이 흐르오.

나래 붉은 새가

위태한데 앉어 따먹으오.

산포도(山葡萄)순이 지나갔오.

향그런 꽃뱀이

고원(高原)꿈에 옴치고 있오.

거대한 죽엄 같은 장엄한 이마,

기후조(氣候鳥)가 첫번 돌아오는 곳,

상현달이 사러지는 곳,

쌍무지개 다리 드디는 곳,

아래서 볼 때 오리온 성좌와 키가 나란하오.

절정(絕頂)

나는 이제 상상봉(上上峯)에 섰오.

별만한 흰꽃이 하늘대오.

민들레 같은 두다리 간조롱해지오.

해솟아 오르는 동해—

바람에 향하는 먼 기폭처럼

뺨에 나부끼오.

절정(絕頂)

풍랑몽 1

당신 께서 오신다니
당신은 어쩌나 오시랴십니가.

끝없는 울음 바다를 안으올때
포도빛 밤이 밀려오듯이,
그 모양으로 오시랴십니가.

당신 께서 오신다니
당신은 어쩌나 오시랴십니가.

물 건너 외딴 섬, 은회색 거인이
바람 사나운 날, 덮쳐 오듯이,
그 모양으로 오시랴십니가.

당신 께서 오신다니
당신은 어찌나 오시랴십니가.

창밖에는 참새떼 눈초리 무거웁고
창안에는 시름겨워 턱을 고일때,
은고리 같은 새벽달
부끄럼성 스런 낯가림을 벗듯이,
그모양으로 오시랴십니가.

외로운 졸음, 풍랑에 어리울때
앞 포구에는 궂은비 자욱히 들리고
행선배 북이 웁니다, 북이 웁니다.

풍랑몽 2

바람은 이렇게 몹시도 부웁는데
저달 영원의 등화!
꺼질 법도 아니하옵거니,
엊저녁 풍랑 우에 님 실려 보내고
아닌 밤중 무서운 꿈에 소스라쳐 깨옵니다.

바다 3

외로운 마음이
힌종일 두고

바다를 불러—

바다 우로
밤이
걸어 온다.

바다 4

후주근한 물결소리 등에 지고 홀로 돌아가노니
어데선지 그누구 쓰러져 울음 우는듯한 기척,

돌아서서 보니 먼 등대가 반짝 반짝 깜박이고
갈매기떼 끼루룩 비를 부르며 날어간다.

울음 우는 이는 등대도 아니고 갈매기도 아니고
어덴지 홀로 떨어진 이름 모를 서러움이 하나.

바다 5

바둑 돌 은
내 손아귀에 만져지는 것이
퍽은 좋은가 보아.

그러나 나는
푸른바다 한복판에 던졌지.

바둑돌은
바다로 각구로 떨어지는 것이
퍽은 신기 한가 보아.

당신 도 인제는
나를 그만만 만지시고,
귀를 들어 팽개를 치십시요.

나 라는 나도
바다로 각구로 떨어지는 것이,
퍽은 시원 해요.

바둑 돌의 마음과
이 내 심사는
아아무도 모르지라요.

홍역(紅疫)

석탄 속에서 피여 나오는
태고연(太古然)히 아름다운 불을 둘러
12월 밤이 고요히 물러 앉다.

유리도 빛나지 않고
창장(窓帳)도 깊이 나리운 대로—
문에 열쇠가 끼인 대로—

눈보라는 꿀벌떼 처럼
닝닝거리고 설레는데,

어느 마을에서는 홍역이 척촉처럼 난만하다.

비극

「비극」의 흰얼굴을 뵈인 적이 있느냐?

그 손님의 얼굴은 실로 미(美)하니라.

검은 옷에 가리워 오는 이 고귀한 심방에 사람들은
부질없이 당황한다.

실상 그가 남기고 간 자취가 얼마나 향그럽기에

오랜 후일에야 평화와 슬픔과 사랑의 선물을 두고
간 줄을 알았다.

그의 발옮김이 또한 표범의 뒤를 따르듯 조심스럽기에

가리어 듣는 귀가 오직 그의 노크를 안다.

묵(墨)이 말러 시가 써지지 아니하는 이 밤에도

나는 맞이할 예비가 있다.

일즉이 나의 딸하나와 아들하나를 드린 일이 있기에

혹은 이밤에 그가 예의를 갖추지 않고 오량이면

문밖에서 가벼히 사양하겠다!

시계를 죽임

한밤에 벽시계는 불길한 탁목조(啄木鳥)!
나의 뇌수를 미신바늘처럼 쫏다.

일어나 쫑알거리는 「시간」을 비틀어 죽이다.
잔인한 손아귀에 감기는 가녈핀 목아지여!

오늘은 열시간 일하였노라.
피로한 이지(理智)는 그대로 치차(齒車)를 돌리다.

나의 생활은 일절 분노를 잊었노라.
유리안에 설레는 검은 곰 인양 하품하다.

꿈과 같은 이야기는 꿈에도 아니 하란다.
필요하다면 눈물도 제조할뿐!

어쨌던 정각에 꼭 수면하는 것이
고상한 무표정이오 한 취미로 하노라!

명일(明日)!(일자〈日字〉가 아니어도 좋은 영원한 혼례!)
　소리없이 옮겨가는 나의 백금 체펠린의 유유한 야간
항로여!

아침

프로펠러 소리……
선연한 커―브를 돌아나갔다.

쾌청! 짙푸른 유월 도시는 한층계 더 자랐다.

나는 어깨를 골르다.
하픔… 목을 뽑다.
붉은 수탉모양 하고
피여 오르는 분수를 물었다…… 뿜었다……
해ㅅ살이 함빡 백공작의 꼬리를 폈다.

수련(睡連)이 화판(花瓣)을 폈다.
오므라쳤던 잎새. 잎새. 잎새.
방울 방울 수은을 바쳤다.
아아 유방처럼 솟아오른 수면!
바람이 굴고 게우가 미끄러지고 하늘이 돈다.

좋은 아침—
나는 탐하듯이 호흡하다.
때는 구김살 없는 흰돛을 달다.

바람

바람 속에 장미가 숨고
바람 속에 불이 깃들다.

바람에 별과 바다가 씻기우고
푸른 뫼ㅅ부리와 나래가 솟다.

바람은 음악의 호수
바람은 좋은 알리움!

오롯한 사랑과 진리가 바람에 옥좌를 고이고
커다란 하나와 영원이 펴고 날다.

유리창 1

유리에 차고 슬픈 것이 어린거린다.
열없이 붙어서서 입김을 흐리우니
길들은양 언날개를 파다거린다.
지우고 보고 지우고 보아도
새까만 밤이 밀려나가고 밀려와 부딪치고,
물먹은 별이, 반짝, 보석처럼 백힌다.
밤에 홀로 유리를 닦는 것은
외로운 황홀한 심사 이어니,
고운 폐혈관이 찢어진 채로
아아, 늬는 산ㅅ새처럼 날러갔구나!

유리창 2

내어다 보니
아주 캄캄한 밤,
어험스런 뜰앞 잣나무가 자꼬 커올라간다.
돌아서서 자리로 갔다.
나는 목이 마르다.
또, 가까이 가
유리를 입으로 쫏다.
아아, 항 안에 든 금붕어처럼 갑갑하다.
별도 없다, 물도 없다, 쉬파람 부는 밤.
소증기선(小蒸氣船)처럼 흔들리는 창.
투명한 보라ㅅ빛 누뤼알 아,
이 알몸을 끄집어내라, 때려라, 부릇내라.
나는 열이 오른다.
뺌은 차라리 연정스레히
유리에 부빈다. 차디찬 입맞춤을 마신다.
쓰라리, 알연히, 그싯는 음향—
머언 꽃!
도회에는 고운 화재가 오른다.

촉불과 손

고요히 그싯는 손씨로
방안 하나 차는 불빛!

별안간 꽃다발에 안긴듯이
올빼미처럼 일어나 큰눈을 뜨다.

❄

그대의 붉은 손이
바위틈에 물을 따오다,
산양의 젖을 옮기다,
간소한 채소를 기르다,
오묘한 가지에
장미가 피듯이
그대 손에 초밤불이 낳도다

해협

포탄으로 뚫은듯 동그란 선창으로
눈썹까지 부풀어오른 수평이 엿보고,

하늘이 함폭 나려앉어
크낙한 암탉처럼 품고 있다.

투명한 어족이 행렬하는 위치에
호젓하게 차지한 나의 자리여!

망토 깃에 솟은 귀는 소라ㅅ속 같이
소란한 무인도의 각적(角笛)을 불고―

해협 오전 두시의 고독은 오롯한 원광(圓光)을 쓰다.
서러울리 없는 눈물을 소녀처럼 짓쟈.

나의 청춘은 나의 조국 !
다음날 항구의 개인 날세여!

항해는 정히 연애처럼 비등하고
이제 어드매쯤 한밤의 태양이 피여오른다.

다시 해협

정오 가까운 해협은
백묵 흔적이 적력(的歷)한 원주!

마스트 끝에 붉은기가 하늘보다 곱다.
감람 포기 포기 솟아오르듯 무성한 물이랑이여!

❀

반마(班馬)같이 해구(海狗)같이 어여쁜 섬들이 달려
오건만
일일히 만져주지 않고 지나가다.

❀

해협이 물거울 쓰러지듯 휘뚝 하였다.
해협은 엎지러지지 않았다.

지구 우로 기여가는 것이
이다지도 호수운 것이냐!

외진곳 지날제 기적은 무서워서 운다.
당나귀처럼 처량하구나.

해협의 칠월 해ㅅ살은
달빛보담 시원타.

화통 옆 사닥다리에 나란히
제주도 사투리하는 이와 아주 친했다.

스물 한살 적 첫 항로에
연애보담 담배를 먼저 배웠다.

지도

지리교실전용지도는

다시 돌아와 보는 미려한 칠월의 정원.

천도열도 부근 가장 짙푸른 곳은 진실한 바다보다 깊다.

한가운데 검푸른 점으로 뛰여들기가 얼마나 황홀한

해학이냐!

의자 우에서 따이빙 자세를 취할 수 있는 순간,

교원실의 칠월은 진실한 바다보담 적막하다.

귀로(歸路)

포도(鋪道)로 나리는 밤안개에
어깨가 저윽이 무거웁다.

이마에 촉(觸)하는 쌍그란 계절의 입술
거리에 등불이 함폭! 눈물겹구나.

제비도 가고 장미도 숨고
마음은 안으로 상장(喪章)을 차다.

걸음은 절로 드딀데 드디는 삼십적 분별
영탄도 아닌 불길한 그림자가 길게 누이다.

밤이면 으레 홀로 돌아오는
붉은 술도 부르지않는 적막한 습관이여!

귀로(歸路)

불사조

비애! 너는 모양할수도 없도다.
너는 나의 가장 안에서 살었도다.

너는 박힌 화살, 날지않는 새,
나는 너의 슬픈 울음과 아픈 몸짓을 지니노라.

너를 돌려보낼 아모 이웃도 찾지 못하였노라.
은밀히 이르노니― 「행복」이 너를 아조 싫여하더라.

너는 짐짓 나의 심장을 차지하였더뇨?
비애! 오오 나의 신부! 너를 위하야 나의 창과 웃음
을 닫었노라.

이제 나의 청춘이 다한 어느날 너는 죽었도다.
그러나 너를 묻은 아모 석문(石門)도 보지 못하였노라.

스사로 불탄 자리에서 나래를 펴는
오오 비애! 너의 불사조 나의 눈물이여!

나무

얼골이 바로 푸른 한울을 우러렀기에
발이 항시 검은 흙을 향하기 욕되지 않도다.

곡식알이 거꾸로 떨어져도 싹은 반듯이 우로!
어느모양으로 심기어졌더뇨? 이상스런 나무 나의
몸이여!

오오 알맞은 위치! 좋은 우아래!
아담의 슬픈 유산도 그대로 받았노라.

나의 적은 연륜으로 이스라엘의 이천년을 헤였노라.
나의존재는 우주의 한낱 초조한 오점이었도다.

목마른 사슴이 샘을 찾어 입을 잠그듯이
이제 그리스도의 못박히신 발의 성혈(聖血)에 이마를
적시며–

오오! 신약(新約)의 태양을 한아름 안다.

은혜

회한도 또한
거룩한 은혜.

깁실인듯 가느른 봄볕이
골에 굳은 얼음을 쪼기고,

바늘 같이 쓰라림에
솟아 동그는 눈물!

귀밑에 아른거리는
요염한 지옥불을 끄다.

간곡한 한숨이 뉘게로 사모치느뇨?
질식한 영혼에 다시 사랑이 이실나리도다.

회한에 나의 해골을 잠그고져.
아아 아프고져!

별 1

누워서 보는 별 하나는
진정 멀 — 고나.

아스름 다치랴는 눈초리와
금실로 잇은듯 가깝기도 하고,

잠살포시 깨인 한밤엔
창유리에 붙어서 엿보노나.

불현 듯, 솟아나 듯,
불리울 듯, 맞어들일 듯,

문득, 영혼 안에 외로운 불이
바람 처럼 이는 회한에 피여오른다.

흰 자리옷 채로 일어나
가슴 우에 손을 넘이다.

임종

나의 임종하는 밤은
귀또리 하나도 울지 말라.

나종 죄를 들으신 신부(神父)는
거룩한 산파처럼 나의 영혼을 갈르시라.

성모취결례(聖母就潔禮) 미사때 쓰고 남은 황촉불!

담머리에 숙인 해바라기꽃과 함께
다른 세상의 태양을 사모하여 돌으라.

영원한 나그네ㅅ길 노자로 오시는
성주 예수의 쓰신 원광!
나의 영혼에 칠색(七色)의 무지개를 심으시라.

나의 평생이오 나종인 괴롬!
사랑의 백금 도가니에 불이 되라.

달고 달으신 성모의 이름 부르기에
나의 입술을 타게 하라.

갈릴레아 바다

나의 가슴은
조그만 「갈릴레아 바다」.

때없이 설레는 파도는
미(美)한 풍경을 이룰 수 없도다.

예전에 문제(門弟)들은
잠자시는 주(主)를 깨웠도다.

주를 다만 깨움으로
그들의 신덕은 복되도다.

돛폭은 다시 펴고
키는 방향을 찾었도다.

오늘도 나의 조그만 「갈릴레아」에서
주는 짐짓 잠자신 줄을 ‒.

바람과 바다가 잠잠한 후에야
나의 탄식은 깨달었도다.

그의 반

내 무엇이라 이름하리 그를?
나의 영혼 안의 고운 불,
공손한 이마에 비추는 달,
나의 눈보다 값진이,
바다에서 솟아 올라 나래 떠는 금성,
쪽빛 하늘에 흰꽃을 달은 고산식물,
나의 가지에 머물지 않고
나의 나라에서도 멀다.
홀로 어여삐 스사로 한가러워 ― 항상 머언 이,
나는 사랑을 모르노라 오로지 수그릴 뿐.
때없이 가슴에 두 손이 여미여지며
구비 구비 돌아나간 시름의 황혼길 우 ―
나 ― 바다 이편에 남긴
그의 반 임을 고이 지니고 걷노라

다른 한울

그의 모습이 눈에 보이지 않았으나
그의 안에서 나의 호흡이 절로 달도다.

물과 성신(聖神)으로 다시 낳은 이후
나의 날은 날로 새로운 태양이로세!

뭇사람과 소란한 세대에서
그가 다맛 내게 하신 일을 지니리라!

미리 가지지 않았던 세상이어니
이제 새삼 기다리지 않으련다.

영혼은 불과 사랑으로! 육신은 한낱 괴로움.
보이는 한울은 나의 무덤을 덮을 뿐.

그의 옷자락이 나의 오관에 사모치지 않았으나
그의 그늘로 나의 다른 한울을 삼으리라.

또 하나 다른 태양

온 고을이 받들만 한
장미 한가지가 솟아난다 하기로
그래도 나는 고와 아니하련다.

나는 나의 나이와 별과 바람에도 피로움다.

이제 태양을 금시 잃어버린다 하기로
그래도 그리 놀라울리 없다.

실상 나는 또하나 다른 태양으로 살았다.

사랑을 위하얀 입맛도 잃는다.
외로운 사슴처럼 벙어리 되어 산길에 슬지라도-

오오, 나의 행복은 나의 성모마리아!

또 하나 다른 태양

조찬(朝餐)

해ㅅ살 피여,
이윽한 후,

머흘 머흘
골을 옮기는 구름.

길경(桔梗) 꽃봉오리
흔들려 씻기우고.

차돌부리
촉 촉 죽순 돋듯.

물 소리에
이가 시리다.

앉음새 가리여
양지 쪽에 쪼그리고,

서러운 새 되어
흰 밥알을 쫏다.

비

돌에
그늘이 차고,

따로 몰리는
소소리 바람.

앞 섰거니 하야
꼬리 치날리여 세우고,

종종 다리 까칠한
산새 걸음걸이.

여울 지여
수척한 흰 물살,

갈갈히
손가락 펴고.

멋은듯
새삼 듣는 비ㅅ낯

붉은 닙 닙
소란히 밟고 간다.

인동차(忍冬茶)

노주인(老主人)의 장벽(腸壁)에
무시로 인동 삼긴 물이 나린다.

자작나무 덩그럭 불이
도로 피여 붉고,

구석에 그늘 지여
무가 순 돌아 파릇하고,

흙냄새 훈훈히 김도 사리다가
바깥 풍설(風雪) 소리에 잠착하다.

산중에 책력(冊曆)도 없이
삼동(三冬)이 하이얗다.

인동차(忍冬茶)

붉은 손

어깨가 둥글고
머리ㅅ단이 칠칠히,
산에서 자라거니
이마가 알빛같이 희다.

검은 버선에 흰 볼을 받아 신고
산과일처럼 얼어 붉은 손,
길 눈을 헤쳐
돌 틈에 트인 물을 따내다.

한줄기 푸른 연기 올라
지붕도 해ㅅ살에 붉어 다사롭고,
처녀는 눈 속에서 다시
벽오동 중허리 파릇한 냄새가 난다.

수집어 돌아 앉고, 철 아닌 나그네 되어.
서려오르는 김에 낮을 비추우며
돌 틈에 이상하기 하늘 같은 샘물을 기웃거리다.

꽃과 벗

석벽(石壁) 깎아지른
안돌이 지돌이,
한나잘 기고 돌았기
이제 다시 아슬아슬 하고나.

일곱 걸음 안에
벗은, 호흡이 모자라
바위 잡고 쉬며 쉬며 오를 제,
산꽃을 따,
나의 머리며 옷깃을 꾸미기에,
오히려 바빴다.

나는 번인(蕃人)처럼 붉은 꽃을 쓰고,
약하야 다시 위엄스런 벗을
산길에 따르기 한결 즐거웠다.

새소리 끊인 곳,
흰돌 이마에 회돌아 서는 다람쥐 꼬리로
가을이 짙음을 보았고,

가까운듯 폭포가 하잔히 울고.
멩아리 소리 속에
돌아져 오는
벗의 부름이 더욱 고았다.

삽시 엄습해 오는
비ㅅ낯을 피하야,
김승이 버리고 간 석굴을 찾어들어,
우리는 떨며 주림을 의논하였다.

백화(白樺) 가지 건너
짙푸르러 찡그린 먼 물이 오르자,
꼬아리같이 붉은 해가 잠기고,
이제 별과 꽃 사이
길이 끊어진 곳에
불을 피고 누웠다.

낙타털 케트에
구기인 채
벗은 이내 나비같이 잠들고,

높이 구름 우에 올라,
나릇이 잡힌 벗이 도로혀
안해같이 여쁘기에,
눈 뜨고 지키기 싫지 않었다.

폭포

산ㅅ골에서 자란 물도
돌베람빡 낭떠러지에서 겁이 났다.

눈ㅅ뎅이 옆에서 졸다가
꽃나무 알로 우정 돌아

가재가 기는 골짝
죄그만 하늘이 갑갑했다.

갑자기 호숩어질랴니
마음 조일 밖에.

흰 발톱 갈갈이
앙징스레도 할퀸다.

어쨌던 너무 재재거린다.
나려질리자 쭐쭟 물도 단번에 감수했다.

심심산천에 고사리ㅅ밥
모조리 졸리운 날

송화ㅅ가루
노랗게 날리네.

산수 따러온 신혼 한쌍
앵두같이 상기했다.

돌뿌리 뾰죽 뾰죽 무척 고부라진 길이
아기 자기 좋아라 왔지!

하인리히 하이네ㅅ적부터
동그란 오오 나의 태양도

겨우 끼리끼리의 발꿈치를
조롱 조롱 한나잘 따러왔다.

산간에 폭포수는 암만해도 무서워서
기엄 기엄 기며 나린다.

이른봄 아침

귀에 설은 새소리가 새여 들어와
참한 은시계로 자근자근 얻어맞은듯,
마음이 이일 저일 보살필 일로 갈러져,
수은방울처럼 동글 동글 나동그라져,
춥기는 하고 진정 일어나기 싫어라.

❋

쥐나 한마리 훔켜 잡을 듯이
미닫이를 살포 — 시 열고 보노니
사루마다 바람 으른 오호! 치워라.

마른 새삼넝쿨이 새이 새이로
빠알간 산새새끼가 물레ㅅ북 드나들듯.

❋

214

새새끼 와도 언어수작을 능히 할가 싶어라.
날카롭고도 보드라운 마음씨가 파다거리여.
새새끼와 내가 하는 에스페란토는 휘파람이라.
새새끼야, 한종일 날어가지 말고 울어나 다오,
오늘 아침에는 나이 어린 코끼리처럼 외로워라.

❊

산봉오리 — 저쪽으로 돌린 푸로우피일 —
패랑이꽃 빛으로 볼그레 하다,
씩 씩 뽑아 올라간, 밋밋하게
깎어 세운 대리석 기둥인 듯,
간ㅅ뎅이 같은 해가 이글거리는
아침 하늘을 일심으로 떠받치고 섰다.
봄ㅅ바람이 허리띠처럼 휘이 감돌아서서
사알랑 사알랑 날러오노니,
새새끼도 포르르 포르르 불려 왔구나.

갑판 우

　나지익 한 하늘은 백금빛으로 빛나고
물결은 유리판처럼 부서지며 끓어오른다.
　동글동글 굴러오는 짠바람에 뺨마다 고운 피가 고이고
배는 화려한 김승처럼 짓으며 달려나간다.
　문득 앞을 가리는 검은 해적 같은 외딴섬이
　흩어져 날으는 갈매기떼 날개 뒤로 문짓 문짓 물러
나가고,
　어디로 돌아다보든지 하이얀 큰 팔구비에 안기여
　지구덩이가 동그랗다는 것이 길겁구나.
　넥타이는 시원스럽게 날리고 서로 기대 슨 어깨에
유월 볕이 스며들고
　한없이 나가는 눈ㅅ길은 수평선 저쪽까지 기폭처럼
퍼덕인다.

❀

바다 바람이 그대 머리에 아른대는구료,
그대 머리는 슬픈듯 하늘거리고.

바다 바람이 그대 치마폭에 니치대는구료,
그대 치마는 부끄러운듯 나부끼고.

그대는 바람보고 꾸짓는구료.

❋

별안간 뛰여들삼어도 설마 죽을라구요
빠나나 껍질로 바다를 놀려대노니,

젊은 마음 꼬이는 구비도는 물구비
둘이 함께 굽어보며 가비얍게 웃노니.

• 김승 : '짐승' 의 충청도 · 경기도 사투리.

태극선(太極扇)

이 아이는 고무뿔을 따러
흰 산양(山羊)이 서로 부르는 푸른 잔디 우로 달리는
지도 모른다.

이 아이는 범나비 뒤를 그리여
소스라치게 위태한 절벽 갓을 내닫는지도 모른다.

이 아이는 내처 날개가 돋혀
꽃잠자리 제자를 슨 하늘로 도는지도 모른다.

　(이 아이가 내 무릎 우에 누온 것이 아니라)

새와 꽃, 인형, 납병정, 기관차들을 거나리고
모래밭과 바다, 달과 별 사이로
다리 긴 왕자처럼 다니는 것이려니,

태극선(太極扇)

(나도 일찍이, 점두록 흐르는 강가에 이 아이를 뜻
도 아니한 시름에 겨워 풀피리만 찢은 일이 있다)

이 아이의 비단결 숨소리를 보라.
이 아이의 씩씩하고도 보드라운 모습을 보라.
이 아이 입술에 깃들인 박꽃 웃음을 보라.

(나는, 쌀, 돈셈, 지붕 샐 것이 문득 마음 키인다)

반디ㅅ불 하릿하게 날고
지렁이 기름불만치 우는 밤,
모와드는 훗훗한 바람에
슬프지도 않은 태극선 자루가 나부끼다.

카페 · 프란스

옮겨다 심은 종려나무 밑에
빗두루 슨 장명등,
카페 · 프란스에 가자.

이놈은 루바쉬카
또 한놈은 보헤미안 넥타이
뺏적 마른 놈이 앞장을 섰다.

밤비는 뱀눈처럼 가는데
페이브멘트에 흐느끼는 불빛
카페 · 프란스에 가자.

이 놈의 머리는 빗두른 능금
또 한놈의 심장은 벌레 먹은 장미
제비처럼 젖은 놈이 뛰어간다.

❀

「오오 패롤 서방! 굿 이브닝!」

「꾿 이브닝!」(이 친구 어떠하시오!)

울금향(鬱金香) 아기씨는 이 밤에도
경사 커-틴 밑에서 조시는구료!

나는 자작의 아들도 아모것도 아니란다.
남달리 손이 희어서 슬프구나!

나는 나라도 집도 없단다.
대리석 테이블에 닿는 내 뺨이 슬프구나!

오오, 이국종(異國種) 강아지야
내 발을 빨어다오.
내 발을 빨어다오.

카페 · 프란스

장수산(長壽山) 1

벌목정정(伐木丁丁) 이랬거니   아람도리 큰솔이 베혀 짐즉도 하이   골이 울어 멩아리 소리   쩌르렁 돌아 옴즉도 하이   다람쥐도 좇지 않고   뫼ㅅ새도 울지 않어 깊은산 고요가 차라리 뼈를 저리우는데 눈과 밤이 조히보담 희고녀!   달도 보름을 기달려 흰 뜻은 한밤 이골을 걸음이랸다?   웃절 중이 여섯판에 여섯번 지고 웃고 올라간 뒤   조찰히 늙은 사나이의 남긴 내음새를 줏는다?   시름은 바람도 일지 않는 고요에 심히 흔들리우노니   오오 견디란다   차고 올연 (兀然)히   슬픔도 꿈도 없이 장수산 속 겨울 한밤내 ─

장수산 2

풀도 떨지 않는 돌산이오   돌도 한덩이로   열두골
을 고비고비 돌았세라   찬 하늘이 골마다   따로
씨우었고   얼음이 굳이 얼어   드딤돌이 믿음직 하이
꿩이 기고 곰이 밟은 자옥에   나의 발도 놓이노니
물소리   귀또리처럼 직직하놋다   피락 마락하는 해
ㅅ살에   눈우에 눈이 가리어 앉다   흰시울 알에 흰
시울이   눌리워 숨쉬는다   온산중 나려앉은 휙진 시
울들이   다치지 안히!   나도 내더져 앉다   일즉이
진달래 꽃그림자에 붉었던   절벽 보이한 자리 우에!

비로봉(毘盧峰) 1

백화(白樺)수풀 앙당한 속에
계절이 쪼그리고 있다.

이곳은 육체 없는 적막한 향연장
이마에 스며드는 향료로운 자양!

해발 오천 피이트 권운층 우에
그싯는 성냥불!

동해는 푸른 삽화처럼 옴직않고
누뤼 알이 참벌처럼 옮겨 간다.

연정은 그림자 마자 벗쟈
산드랗게 얼어라! 귀뚜라미 처럼.

비로봉 2

담장이
물 들고,

다람쥐 꼬리
숱이 짙다.

산맥 우의
가을ㅅ길—

이마바르히
해도 향그롭어

지팽이
자진 마짐

흰들이
우놋다.

백화(白樺) 홀홀
허울 벗고,

꽃 옆에 자고
이는 구름,

바람에
아시우다.

구성동(九城洞)

골짝에는 흔히
유성이 묻힌다.

황혼에
누뤼가 소란히 싸이기도 하고,

꽃도
귀향 사는 곳,

절터ㅅ드랬는데
바람도 모이지 않고

산그림자 설핏하면
사슴이 일어나 등을 넘어간다.

옥류동(玉流洞)

골에 하늘이
따로 트이고,

폭포 소리 하잔히
봄우뢰를 울다.

날가지 겹겹이
모란꽃잎 포기이는 듯.

자위 돌아 사폿 질ㅅ듯
위태로이 솟은 봉오리들.

골이 속 속 접히어 들어
이내(晴嵐)가 새포롬 서그러거리는 숫도림.

꽃가루 묻힌 양 날러올라
나래 떠는 해.

보라빛 해ㅅ살이
폭지어 빗겨 걸치이매,

기슭에 약초들의
소란한 호흡!

들새도 날러들지 않고
신비가 한껏 저자 선 한낮.

물도 젖여지지 않어
흰돌 우에 따로 구르고,

닥어 스미는 향기에
길초마다 옷깃이 매워라.

귀또리도
흠식한 양

옴짓
아니 긴다.

옥류동(玉流洞)

나비

시키지 않은 일이 서둘러 하고 싶기에　난로에 싱
싱한 물푸레 갈어 지피고　등피(燈皮) 호 호 닦어 끼우
어 심지 튀기니　불꽃이 새록 돋다　미리 떼고 걸고
보니 칼렌다 이튿날 날짜가 미리 붉다　이제 차츰밟
고 넘을 다람쥐 등솔기같이 구부레 벋어나갈 연봉(連
峯)산맥길 위에 아슬한 가을 하늘이여　초침 소리 유
달리 뚝닥거리는 낙엽 벗은 산장 밤　창유리까지에
구름이드뉘니 후 두 두 두 낙수 짓는 소리　크기 손바
닥만한어인 나비가 따악 붙어 들여다 본다　가엾어라
열리지않는 창　주먹쥐어 징징 치니 날을 기식(氣息)
도 없이네 벽이 도로혀 날개와 떤다　해발 오천척 우
에 떠도는 한조각 비맞은 환상　호흡하노라 서툴리
붙어 있는 이 자재화(自在畵) 한폭은 활 활 불피여 담기
여 있는 이상스런 계절이 몹시 부러웁다　날개가 찢
여진 채 검은눈을 잔나비처럼 뜨지나 않을가 무섭어라
구름이 다시 유리에 바위처럼 부서지며　별도 휩쓰려
내려가 산아래 어닉 마을 우에 총총 하뇨　백화(白樺)
숲 회부옇게 어정거리는 절정　부유스름하기 황혼 같
은 밤.